詩集

黄金の風

鳳の宮 弘

第1章　希望の種

第2章　花の時代

第3章　黄金の風

おわりに

第1章
希望の種

光り輝く歴史

ドームが作ったアンティークのランプの下に
梅の枝を飾った

古い時代と新しい時代の空気が
とたんに広がって
エレガンスが生まれる

神様がお創りになったエレガンス
選ばれた美しさこそ本物だという

本当に？

では、選ばれなかったものは美しくないのだろうか？
いいえ、と私の心が言う
いいえ！

あなたのその心ひとつで
どうにでもなれる
選ばれるというならば
その決心こそが選ばれるのだ

お力をお借りしながらも
何を操作されていても
それが情けなく思われても
その心は

あなたの歴史そのものだ

こんなにも美しい曲線を描く
梅の枝ぶりも
梅の木の意志がそうしたと思いたい

すべてが神に創られたものであっても
その心は
あなたの光り輝く歴史なのだ

闇の中で
あなたが選び取り
決心した

神様はきっと

親友のようにそばにいて
微笑んで
うなずいてくださっている

もし言葉がなかったら

ありがとうとあなたに言う
ありがとうという気持ちを言う

ありがとうという言葉で足りない時は
なんと言えばいいのだろう

うつくしいこと　すばらしいこと
Ｗｏｎｄｅｒｓｈｏｎｅ！　Ｗｏｎｄｅｒｂｅｒ！
とても愛しているというこの想いを
ほらこれなのって　この手につかんで
あなたに見せることができない

想いを形にしてみせることはできるんだろうか

ありふれた手作りのケーキを
これ以上ないってくらいに
大事に受け取ってくれた　あなたの両手

想いを形にするというのは
ああいうことではないだろうか

君の大好きなぬいぐるみを
窓辺の一等席に置いたよ
きれいなお花の横にさ

愛してるの気持ち

ありがとうの気持ち
もし言葉がなかったら
私たちはどうするだろうかと思った時に
本当の伝え方に出会えるんじゃないだろうか

もし言葉がなかったら

そこに愛がある限り

今朝　久しぶりに
鳩たちが遊びに来ました
お揃いの
グレイとピンクのコロンとした羽の中に
きらりと光る首元のブルーライン
庭石の上のえさを
仲睦まじく食べている

本当に大切に思うなら
声を上げなさいと言葉が聞こえた
きれいな

女の人の声だった

姿を持たない
あなたの提案を
人間の私たちが形にする
何と壮大な一致団結だ

何を信じようと
どこへ向かおうと
心はいつも
あなたと1対1だ
グループもしきたりも
何も関係ないのだ

自分自身であることに

こうでなければならないということは
何ひとつないのだ

そこに愛がある限り

この間観た芝居の中で
「どこにいても想いは変わらぬ」
というセリフがあった
時空を超えて真実を追求する
美しい朗読劇だった
「どこにいても想いは変わらぬ」
変わらぬあなたへの想いは
いつもいつも新しい

一人一人の想いが集まり

仲間ができる
だからいつも
皆　ひとりだ
いつか大好きな先生が言っていた
「私たちの一人一人がリーダーだ」と

温かい灯を
いただいたからには広めたい

星よ
あなた方の想いを無駄にはしない
この熱き優しい灯を
なんとかして
灯しに行こう

エジプト産クローバー純粋はちみつ入り珈琲

珈琲は芸術だ
文章を一行書いては
珈琲を淹れに立つ

熱いネスカフェに
エジプト産クローバー純粋はちみつ入り
時には気儘に豆も挽く

香ばしい大地の香り
これで何杯目だろう
カップを片手にノートを開くと

次の言葉たちが展開する

いいね

貴方が救ってくれる
エジプト産クローバー純粋はちみつ入り珈琲
珈琲、ああ我が同志よ！
貴方を片手に共に進もう

前へ

前へ

冬のバターケーキ

ラジオから流れてくる
子守歌をささやくような異国の言葉にふと顔をあげた

寒いと思ったら雪ですよ
雪がふってきました

こんな寒い日にはおうちにいましょうね
部屋をあたたかくして
チョコレート色のやかんでお湯をわかして
舞い降りる雪の一生を見ていましょう

木々の枝に降り積もる
美しい冬は
楽しいことがいっぱいね

もう少ししたら
「LE　TEMPS　DES　CERISES」
を聴きながら
バターケーキを焼いてあげる

工夫の革命

お夕飯を作ろうと　冷蔵庫を開けると
そうだお米がない
パスタも蕎麦もパンもない
そうしてついでにお金もない
さて　どうしよう
冷蔵庫や引き出しをくまなく探す
おお　小麦粉があった　ラッキー
小麦粉をビニール袋に入れて
水と塩を入れて踏んでみる
手作りうどんの出来上がり
はたまた

すいとんでも良いか
ああ
今日はなんていい日だ
「あるものでできた時」は
とても心が充実する

素敵な気持ちになるために
生きるということは
いろいろ工夫が必要だ
どんな家に住んでいたって
どんな人と暮らしていたって
どんな仕事をしていたって
お金がなくたって
どんな服を着ていようと
何を食べようと

そこに今
あるものを使って
せいいっぱいの工夫をしよう

あれが無いからと文句を言って
どうしようもない生活をするのはやめよう
あれが無いならこれがある、と
あるものを最大限に使うのだ

昔　与謝野晶子さんが
招かれた会に着ていく着物がなかった時に
古い着物に金泥で　ご自分の歌を書き
颯爽と粋に着こなした
それを見た女性たちは

「わたくしにも」「わたくしにも」と言って
自分の着物に歌を書いてもらったらしい

あの「無い」崖っぷちに立った時に生まれくる
素晴らしい虹に指を染め
無から生まれる芸術を
楽しむような生活をしよう

それはどこか可笑しくて
けれど誰もがはっとして
思わず真似をしたくなるよな

斬新な新境地を開く
人生の革命に
なるはずである

フジ子・ヘミング様

ぶらりと入ったお店で
あなたの音楽が流れてくると
あなたのピアノだとすぐにわかる
こんな素人の私の耳でも

天国のような優しくまろやかな音の中に
人間の魂の力強さが響きわたる

ああ
あなたのピアノだと思って嬉しくなる
あなたはなんて

なんて
ハードロッカーだ！
何度繰り返してもあなたのピアノは
聴くたびにいつも新しい

あなたのピアノは
あなただとすぐにわかるのに
あなたはいつもその中にはいない
あなたの音は
黄金の風となって
聴いている人々のはるか太古の歴史から
はるか彼方の未来まで
優しく激しく　吹いてゆく

円を描きながら

いつもいつも私の
胸の中にいらっしゃる

嬉しかったり　驚いたり
何か物事が起きたりすると
背中にしょってるラジカセから
ジャジャーンと　ＢＧＭが鳴り響く

そして
あなたのピアノが聴こえてくる

あの川まで

走ろうか
あの川まで
あの白いもくれんの花の下まで

生きていることのすばらしさを
実感したいのです
無駄なことは何ひとつなく
血がさわぐ幸せを
一瞬一瞬かみしめて

あなたを見てると

いつもそんな風に思ってしまう
「そこをどいて」
あなたの邪魔をする人を許さない

光る扉

風が吹いてごうごうと
もうすぐ来るであろう嵐の中
ひとつだけ揺れない木がありました
細い枝がたくさん集まった大きな木
小鳥達も安心してとまっている

大粒の雨が
音をたてて降ってくる
雨の化身となったあなたが
迎えにきたよとやってくる

もう準備はできているはずなのに
どの扉を叩いたら
あなたの世界に行けるのだろう

光る扉を見つけて
皆が幸せになれる場所へ

嵐の中
小鳥達は飛び立ってゆきました
私の思いに殉じるように

ジャッジ

心が自由な人を見ると
心がすかっとする

他人をジャッジしたくなるのは
あなたの心が自由じゃないからだ
自由というのは
ふらふらと遊び歩くことじゃない

自由というのは
ほんとうに自分の大事なものを見極めることだ
それを軸に

まわりのことはすべてなんとかなってゆく
心が自由じゃない人というのは
常識や世間体ばかり気にしているからだ
それで頑張ってきたから
そうじゃない人をジャッジしたくなるのだ
あなたのほんとうの願いを掴め

自分の心をジャッジして
本当に大事なものは何だろう
それが決まれば自由になれる

ほんとうの自由に

決して目を逸らしたりしない

あなたに
どんな過去があり
どんな未来があっても

あなたが
何を選び取り
どんな決断をしても

私はいつもここにいるから

ここにいて

あなたの幸せを見届けるから
あなたにどんなことが起ころうとも
決して目を逸らしたりしない
最後の始まりまで一緒にいるから

安心してお行きなさい
愛しい人よ

希望の種

現実にはうまくいかなかったことが
他のたくさんの素晴らしいものを生み出しました
他のたくさんの扉を開けるきっかけとなりました
他のたくさんの方々に背中を押してもらい
他のたくさんの本物に出会うことができました

失敗や絶望や悔恨の種は
確かにあなたの手によってまかれてしまった
けれどそれは
未来のあなたや子供達や、またその子供達や

あなたに出会った人達の中に
いつか咲く
美しい花となるかもしれない希望の種だ
転ばぬ先の杖になるかもしれないし
勇気をもたらす香りとなるかもしれない

うまくいくことも　いかないことも
あなた一人の問題ではない
ともすれば何世代もの
過去と未来の流れを左右する出来事だ
ということは
あなた一人で生きているのではないということだ

あなたは私であり
私はあなたである

違う舟でありながら　皆
同じ水の上に漂っている

第2章
花の時代

白い花

あの山を登りきったひとしか持っていない
白い花を

あの日
あなたは髪に挿していました

深い深い闇の向こうにそびえ立つ
山の頂上に咲く幻の花
あの闇を潜り抜けたひとしか持っていないしずかな花

私もね
私もその花を持っているの
誰にも見えない白い花を
あなたに会うまですっかり忘れていた
こんなに美しい色だったかしら

風に吹かれて
あなたは歩いてゆく
白い花を
私もあわてて胸に挿してみたけれど
気づかずに行ってしまわれた

漆黒の髪の
気高い鷹のような
横顔だった

白い花Ⅱ

本当に素敵なひとだった
漆黒の髪がゆれて
天を仰いで歩いていた

風が色めいて巻きあがり
あなたの後をついていく

あなたはいつもひとり
そしていつも人気者

ここで私の前を通ることも

生まれる前から知っていたような
ひょうひょうとした
あなたの歩き方がすごく好き

美しい人

紫だちたる雲の細くたなびきたる　と
あなたがどこかで詠んでいる
私の好きなものを知って
あなたも好きになろうとしてくださっている
いじらしいほどの愛よ！
なんて幸せでしょう

透きとおる海からやって来た
あなたは素敵な人

何があっても揺るがない大きな海のように強くて

打ち寄せる波のように優しい
海に落ちていく夕日のように静かで
ゆたかに泳いでゆく魚達のようにやんちゃな人
きらきらと光る水上のダイヤモンドのように立派で
永遠に生まれ続ける光のつぶのように勇気のある人

美しい人
海のよう
あなたは　命いっぱいに生きている

写真でしか見たことがない異国の
美しい海に抱かれて生きてきたあなたは
この胸に思えばいつでも海のよう

海のよう

あなた達が死とひきかえに残していったもの

国のために死ねと言われて
喜んで死んでいった人達がいる
あなたを守るためなら命など惜しくはないと
美しい敬礼をして
微笑みながら散っていった
理不尽な時代の波に
誰ひとりとして泣き言なんか言わなかった
家族や恋人に美しい手紙を残して
そのまま帰らなかった

明日自分が死ぬかもしれないということを

知らない人がいる
そういう人は
平気で嘘をつき人を傷つけては喜んでいる
人はどこまで落ちるのか
怖いもの見たさみたいに仕掛けを作り
かかった獲物を見て笑いころげる
それしか笑えるものがないんだろう

あのばかやろうどもの首根っこをつかんで
あの美しい人達の目の前に
立たせてやりたい
あの美しい手紙をなんべんでも読んでやりたい
もう時間がないんだよ

哀れなおまえ達から

何とかしてくれ、という声が聞こえてくる
すべてがかなわない美しいものを見せて
自分を救ってくれと言いながら
他人を陥れる作業だけは怠らない

甘えるんじゃない　そのザマはなんだ
そんなことをして
今まで育ててくれた人達や優しくしてくれた人達に
恥ずかしいと思わないのか
あの美しい人達に
恥ずかしいと思わないのか
救われたいと願うなら
明日死ぬかもしれないという時に
そんなバカなことをしているヒマはないんだよ
そんなことをさせるために

あの人達は死んだのではない
おまえを幸せにするために喜んで死んだのだ

戦争を知らない私達の
どこか遠いところの話ではない
私達が日々暮らしていく生活の中に
あの人達の愛と無念は
いつもいつも　ちりばめられている

他人を陥れようとする　おまえの卑しい心が
戦争を引き起こしていくことを
一人一人の心が集まり時代を作っていくことを
知らないとは言わせない

あなた達が死とひきかえに残していったもの

胸に抱きしめて生きるよ　どんなときも
優しくしてくれた
素敵なあなた達のことを思ったら
こんなことでくじけていられるかと
いつもいつも　思うよ

志を果たして
いつか
あなた達に会えたらその時は
その時は
誇らしく思ってもらえる私でしょうか

その人の心だけを

多くの人が
気持ち悪いという異教徒の人達
たくさんの人を殺し　ひどいことをした
許されないひどいことをした
殺された人々の無念を思う
胸がえぐられるようだ
続くはずの輝かしい人生を奪われた
そいつをひきずり出してもっと苦しめて殺してやりたい
大切な人の仇をとるのだ

長い時間がたって

その人達は死刑になった
捕えられ
皆から石を投げられ
それでもそいつは神の意志だと言い張った
なぜならそいつにとっては
それが皆を幸せにする手段だったからだ

こうすれば世の人々皆が幸せになれると
信じて実行したその人の心だけを思う
人々の叫び声も泣き声も裁判官の声も聞かず
ただ　その人の心だけを
そっと取り出して手のひらにのせてみる

こうすれば皆が幸せになる、と
自分の命をかけていつもいつも願っていた

「頭のおかしい奴だ」と皆は石を投げる
彼の情熱と孤独を
誰が理解してあげたのだろうか？

こうすれば必ず皆が幸せになる、と
信じて歩んだその心だけは
その心だけは
温かく鼓動する清らかなものだった

胸が
えぐられるように苦しくなる

何もできない私は
取り出した心だけを手のひらに見つめて

そっと
夜空に返す

時代遅れ

このご時世
人と向かい合って話をするというのは
もう古いことなのだろうか
画面に描かれたつるつるのボタンを触れば
瞬時に文字が届く
はたまた
意識だけで会話ができる

会う必要なんてないね
頭のいいあなたは
リスクのかかることは一切しない

穏やかな場所にいて
窓から外の嵐を見ている

愚かな私は
どうしても向かい合って話がしたい
静かな心でお互いの瞳をつなげて
そこでわかるものもある

どんなに科学が発達しても
どんなに地球が上昇しても
やっぱり
譲れないものがあるんだよ

人はいろんなものに化けるから
本当のことを知る技術は

とても便利だけれど

向かい合って座り
お互いの瞳を見る時
それはそれはいろんなことがわかっちゃうんだよ
そして　あなたのぬくもりが何よりも温かい
この世のこの時代に生まれた
不器用な人間の温かい血を
向かい合った瞳と言葉を通して
あなたと交換する

はるか昔
縄文時代よりももっと昔からの叡智が
いっぺんに呼び起されて
あなたと私の物語が始まる

どんなに未来の技術をいただいても
これだけは譲れない
私は時代遅れだろうか
でもおそらく
私達人間の
とても　大切なこと

宇宙へとつながる井戸

誰にも知られず
なくなってゆく命がありました
誰も知らない
その者がいつ生きていつ死んでいったのかを
でもある時
見つけるのです

おばあちゃんちの古い井戸の中
深い底にたまる清水に
３つの玉を持つ　やもり
大事そうに何かを抱えている

立て掛けてあった
長い柄の網ですくい上げてみると
抱えていたのはなんと
自分の内臓であった
ふくれあがり、ちょうど３つの玉のようになっているのを
自分の子供のように
前足で大事に抱えている
閉じた目からは
幸福に満ちた輝き

この井戸を中心に建てられたという
築１２０年の母屋は
森羅万象
ここに生きとし生ける者たちの幸せを
いつも願って暮らしてきたのです

雀や山鳩、かなへびやかたつむり、ああ蝶よ、
雨、風、岩座、
井戸よりも古いかもしれぬ大きな松の木、草木たち
日々変わってゆく時代の中で
古き良き変わらぬものは
いつも新しい
古き良き美しいものは
いつも
いつも新しい

あなた方の思いを無駄にはしない
こんなにも
温かいお心をくださったことを
こんなにも

長い間　待っていてくださったことを

そして
井戸を覗いた女の子は
宇宙に放り出されたような衝撃のあと
庭の花びらを集めてやもりを包み
神様の足元に埋めました

その花のような微笑みに

楽しいことはいいことだ
面白いことはいいことだ
笑いは人生を明るくするだろう

女の人を辱めて笑う
女の体を見て笑う
その性ならではを笑いたくなるというのは
その構造を笑いたくなるということは
何か
不思議な感覚だ

男と女が抱き合う時
同性同士が抱き合う時
大切な人にしか
見せないものを見せる時
どきどきするのは
それは
とても崇高な所に近づくから

男よ
女を守ってくれ
おまえは女から生まれ出たのを忘れたか
あの痛みは
おまえ達に耐えられるものではない
女は命をかけて
おまえを生んだのだ

生んだ瞬間から
日々の生活をものともせずに
耐えて耐えぬく　その強い精神は
はたして
男にはかなわぬものである
その花のような微笑みに
男は強い力を持って跪き
女を優しく抱きしめてあげなきゃいけない

女よ
さまざまな痛みに耐えて
それでも
花のように笑う時
全世界の男たちは
あなたのその優しさに

大きな力を持って跪き
その美しい手を取るでしょう

性を笑いものにする時
感じることは
とても卑屈な精神
自分自身を大事にできない
かわいそうな心

男よ
女から生まれ出たことを忘れるな
おまえが誰であろうとどんなであろうと忘れるな
おまえがこの世に出たいと言って
選んだ女が命をかけて
生んだ痛みを忘れるな

女よ
その優しい微笑みは　すべてを救うだろう
卑屈な心にまみれた男の頭を
その温かい腕で抱きとる時
この世の
すべての戦いは中止され
すべての理不尽は溶けてゆくだろう

男と女たるもの
お互いの性をばかにするな
自分の性をばかにするな

奥へ奥へとつながっている
導火線によってたどりつく

とても美しい場所の
とても大切な
スイッチなのだ

令和

新しい元号は「令和」というのですね
今日　発表がありました
凛として温かい
なんて素敵なひびきでしょう
万葉集の梅の花の歌から
出典したというのも素敵です
背筋を伸ばし思いやりのある心で
生きてゆかんとする
とても美しい
古き良き新しい時代を感じます

今朝　起きた時に
「サプライズがあるよ」と優しい声がしました
これだったのですね
私も梅の花の詩を書いたことがありました

やっぱり　あなたは
そばにいて　うなずいてくださっている
どんな時も

私達は
いつも会っているのに
いつも会えない
さっき買い物の途中で見かけた
かわいいカップルのように

あなたと手をつないで歩けたら
どんなに幸せでしょうね
こんなにそばにいるのに
会えないのは
それはね　きっと
私は　あなたそのものだから
あなたと　一心同体だから

私の中に　いつもあなたがいる
あなたの中に　いつも私がいる

手をつながなくても

新しい時代の幕開けに
恐れるものなど何もない
花は
咲き急ぐことなく満開で
私達を
迎えてくださるでしょう

第3章
黄金の風

9番目の波

神社の境内の前で撮った
みんなの写真
真ん中でピースサインをする君は
かっちりとした幼稚園の制服を着て
七五三の朝
何とかかんとか機嫌をとって
やっと撮らせてくれたのを覚えてる

左手にピースサイン　右手には白い風船
よくよく見ると風船の真ん中に
「がんばろう日本」と書いてある

後ろで円陣を組んで笑う私達は
それぞれの表情をして
あれからいろいろなことがありました

それでも君を中心に
私達の世界はまわる
いろいろな本を読んで
今　日本が、とても大切な役割であることも知った

「がんばろう日本」を持ってピースサインをする君
私達の人生は
金と黒のタッセルのように
山と谷の間を走るジェットコースターのように
ドラマチックだ

ドラマチックなオペラのように
ゆたかに生きよう
これからも
どんなことがあろうとも
決して心を捨てたりしてはならぬ

神社の境内で撮った
みんなの写真
危ない波を何度も何度も超えてゆかねばならない
素晴らしい嵐の前のピースサイン
9番目の波

百合の花

あなたの23歳のお誕生日に
素敵な公園のレストランで食事をしました

仕事を終えてやってきたあなたは
ちょっと疲れた顔をしていましたが
また一段ときれいになっていて
大人になったなあという感じがしましたよ
景色がよく見える席にあなたを座らせて
しげしげと見つめる
短くするととんでもないことになっちゃうからと
長く伸ばした美しい巻き毛を

若い娘らしく　くるりと横で束ねている
ねえ
あなたと同い年に
ママはあなたを生んだのよ
ねえ
信じられない！と
屈託なく笑うあなたは
本当に素敵なレディになりました

漫画が大好きなあなたの絵は
いつも光が描かれていて
見ると眩しいくらいです

大好きな人を
題材にしたストーリーは
ちゃんと愛が描かれていて
母は
正直いってとても驚いたのです
若いあなたの
その深い愛に
感無量というしかありませんでした
主人公の女の子は
品があってかわいかった
あなたそのものでしたよ

今こうして
大人になったあなたと話すことは
とても楽しみな時間です

あなたが
好きなことに夢中になって
輝いている尊い時間を
もっと見たいのです

あなたは
人の光を描けるのです
あなたの美しい名の通り
白百合のような眩しい愛の光を
森羅万象の光を描ける子なのです

それは
あなたの魂が光り輝いているからです
つらい思いをして
たどり着いたいくつもの境地が

優しく光り輝いているのです
そこでいくつもの種を蒔き
美しい花を咲かせなさい

母に言われなくても
もうあなたはすでに
そうしているのだけれども

Ⅲ 黄金の風

特等席

あなたが幼い頃
「マリエの『茉莉』の花はジャスミンのことね」と言ったら
いつもはひょうきんなあなたが
とても嬉しそうに　もじもじしていましたね
大好きなお姫様の名前と同じだったから

男の子にも負けないしっかり者のあなたは
ある日自転車の練習をしようと跨ったら
そのままスイと乗れてしまったのをよく覚えています
体がくたくたとやわらかく
地上で過ごすように泳ぎも上手でした

自分のほんとうの気持ちに気づけるということは
簡単なようでいて　とても難しいこと
あなたはいつも
ほんとうの自分に向き合える強さを持っていました

今　大人になったあなたの青春を
素敵な舞台で見せてもらっていますよ
仲間のお友達も先生も　みんないい人ばかりね

あなたの
美しい人生を楽しんでね
恋も歌もお仕事も

美しい人生というのは

ともすれば
飽きてしまいそうな地味な生活を
いかに工夫できるかにかかっているということを
あなたは
おばあちゃんの知恵袋さながら
もうすでに
知っているのだけれども

君からのプレゼント

学校へ行かない君が
字が書けないとわかった時に
私は
何としても書かなければならないと思ったんだ

最近
わかったことがあるんだよ

これは
君からのプレゼントだ、君が
自分が書けなくなるかわりに

私に託したのだ
だから私は
どんなことがあっても
書かなきゃいけない
他人から何と言われようと
どんなに笑われようと

これは
君からのプレゼントだったんだ
聡明な君が
自分の美しいうろこを一枚切り取って
血だらけの手で私にくれたのだ
これを握りしめて
私は書き続けなきゃいけない
どんなに苦しくても

書き続けなきゃいけない

外へ出られない君のかわりに
外へ出て
君のパンを買いに行く
何日もかけて
おいしいパンと水を探しに行く

君はわかっていたのだ
生まれる前から
これは
私達の二人三脚だ
どんなことがあっても
どんなに遠く離れても
足首のリボンはほどけない

すべての本質を
見抜いてしまう君は
私のこともこの世界のことも
お見通しだったんだね

見えない二人三脚で
私達は
やらねばならぬことがある

書けない君と書く私で

コズミックフロント

ゲームを見ながら君が笑う
動画は君の先生なんだね
難しい漢字も社会の歴史も
これで全部覚えてしまう

幼い頃の
すてきな自由帳
そっと開くと
えんぴつとクレヨンで描いた大スペクタクル
かたつむりのうずまきはみぎまきとひだりまきとか
はやぶさ探査機やブラックホールの絵

君が描く森羅万象
すばらしい可能性が
愛情いっぱいに広がってくる

君は
大きな大きな暗闇の中を
長い長い龍の背に乗ってゆうゆうと
私のところにやってきてくれました
風なき風に髪をなびかせながら
でんでん太鼓を松明の如く片手に掲げて

君が望むなら
何者にもならなくていいんだよ

もうすでに

君になっているのだから

どんな景色でも
松明を掲げて歩いていこう
歩くのは自分だけどね
君のまま歩いてゆこう

真夜中の朝食

真夜中に起きてきた君と
朝食を食べる

健康志向の人には
怒られそうな時間だ

もうすぐ嵐が来るから
今日はどこの店も早く閉まり
みんな急いで家へ帰った

嵐の前の静けさに

君と朝食をとる

片時も離さないヘッドホン越しに
こんにゃく煮たの、食べてみてとか
たこを天ぷらにしてみたとか話す

ギタリストみたいな長い髪をかきあげて
君は
ぶつくさ言いながら安心して食べている

深い海の底に明かりを灯してふたりきり
この世界に私達しかいないみたいだ

風が窓ガラスを叩き始める
みんな家へ帰れただろうか

長い夜になるね
嵐の前の真夜中に
私達の一日が始まる

保護者会

以前　息子が通っていた保育園で
「飲食禁止の場所で子供が泣き出した時に
お菓子をあげたお母さんをどう思うか
皆で話し合いなさい」と
先生に言われました
若かった私は
何のことを言っているのかわからず
ただ
みんなの話を聞いていました
先生
最近やっとわかったのです、たぶん

常識やルールは皆が幸せになるためにあるのであって
不幸にするためにあるのではないということ
真面目な人は
一生懸命法律を守ろうとするけれど
そこに本当の愛はあるのだろうか？
行動ばかりが問題になって
その奥にあるものを見抜ける人が
本当に少なくなった気がします

歩み続ければ
いろんな事があるだろう
いろんな人との
化学反応が起こるだろう

人が増えれば増えるほど
ルールは必要になるだろう

でもぐるりと回ってふり返れば
心はもっと　シンプルだ

大事なことは
どうしたらその人が幸せになれるか、だ
自分がその立場だったらどうするか
自分がそうされたらどう思うのか

国も宗教も男も女も好き嫌いも問題ではない
その人が困っていることが
問題なのだ

黄金の風

痛みに耐えて、よく頑張った、感動した！と
優勝した力士に向けて叫んだ
素敵な首相がいましたが
私も今
あなたに向けて本当にそう言いたいです
あなたが積み上げてきた
素晴らしい黄金が
見ていたたくさんの人たちに降りかかって
皆こうしちゃいられないって
いてもたってもいられないような
ワクワクした気持ちになったことでしょう

痛みに耐えてよく頑張った
とってもいいものを見せてもらいました
ありがとう

若者たちの素晴らしい可能性
君たちの明日に、黄金の風が吹いている

あなたたちには見えないかもしれないけれど
私たちには見える
黄金の風だよ
魅力というのは
他人のものなのかもしれないね

君たちの未来に幸あれ！

願って、願って、やみません
私たちの先祖がそうしたように
未来からの美しい手紙を君たちに託すよ

今が未来を作るのよ
あなたたちの今は
今のままで
黄金に輝いている、と

おわりに

御礼状

絶望の中　平気な顔して
声も出せずに座っていたら
あなたが折り紙で
鶴を折ってくださいました
私が早く退院できるようにと
薬の副作用で震える手で
角から角へとまっすぐに力をこめて
今までに
見たこともない
美しい赤い鶴を折ってくださいました
退院したら

食堂を開くのだと
病院のご飯のメニューを
一生懸命ノートに書いていましたね
愛車のバイクと共に
夢は叶いましたか？

あまりに絶望なので
開き直って
詩を書くことにしました
幼いころから書いていた
自己満足の集大成でも
なんとか完成させるのだと
病院のロビーで
辞書を片手にノートを開いていたら
あなたは見せてみなさいとおっしゃった

恥ずかしながら見ていただくと
いつもは閉じているようなあなたの目が
そこまで開くのかというくらい大きくなって
これは素晴らしいと
何度も何度も
読み返してくださいました
大手航空会社にお勤めだったあなたは
フランス語がとても上手で
私の好きなシャンソンの歌詞に
読み仮名をつけてくださいました
あなたのエッセイは
素朴で素敵だった
あなたにいただいたお友達の詩集は
一生の宝物です

ひとりで座っていた私に
心理学の先生ですか？と
声をかけてくれた
可愛らしいあなたは
自らの境遇と一生懸命戦っている
健気な少女のようでした
あなたの亡くなったお母さまと私が同じ名前で
あなたの誕生日が私の母と同じという
不思議なつながりでしたね
時々興奮して叫びだすあなたの話は
ものすごく「ほんとうのこと」を教えてくれました
あなたの身の振りようを決める役人達が来た時も
「私はみんなの話をいっぱい聞いたのに
みんなは私の話をまったく聞いてくれない」と

叫ぶあなたが腕を掴まれて鍵のかかる病室へ連れていかれるのを
ただ見ていた私は
中世の魔女狩りを見たような気持ちになって
何もできない自分に
震えがくるくらい頭にきたのです

あなたのお店のパンはとても美味しかった
また
買いに行くからね

不思議な所でした
皆、自分のことを話しているのに
私への伝言のように感じたのです
傷ついた、きれいな心の人ばかりでした

黒子となって
たくさんの人を助け続ける
あなた達のことを
私は
密かに知っている
宇宙の契約によって
その名は世間に出ることはない
名も無き英雄たちよ
だけど
あなた達のことを
密かに皆が知っている

自分も気がついていない
心の奥の奥底で

神様　あなたのお計らいで
どんなにつらい所でも
素敵な方にたくさん
出会うことができました

お一人、お一人に
御礼状を書きたいくらいです

この広い宇宙の中で
あなたに
巡り会えたことが
私の誇りでありましたと

黄金の粉を

封筒に入れて
開けたら
あなたの幸せが舞うような
御礼状を

最後の詩「御礼状」

このたびは、この詩集をお手にとってくださり、ありがとうございます。最後まで読んでいただいて、とてもうれしいです。

この詩集を出版するにあたって、びっくりするような素敵な出会いがたくさん、ありました。

私の美しい教科書、雑誌『ａｎｅｍｏｎｅ』を発行されている株式会社ビオ・マガジンの皆さま、こちらにたどり着くまでにご縁をいただいた皆さま、このたびは、大変お世話になりました。ありがとうございます。

いろいろと親身になって考えてくださり、そのお力をお借りして、私も大きな一歩を踏み出すことができました。

万感の思いをこめて、心から御礼申し上げます。

本当に、ありがとうございました。

私はある日、いろいろな声が聞こえるようになってしまいました。

はるか彼方の宇宙の方か、人間の方か、あの世の方も、宇宙の方か？

空いっぱいに響くような美しい音楽のような声。

とてもクリアな日本語で聞こえます。

今は、言葉を送信できる機械もあるそうです。

いろいろな次元が同時並行するパラレルワールドというのもあるそうですが、ある人の声が聞こえて、「こんなこと言った？」と聞くと、「言った」と言います。「言ってないよ」と言われる時もあります。

すれ違った人の心のささやきや、私を思って話している人の会話や、中には、意地悪なことも言う人達の声はとてもリアルで、いろいろな判断にとても迷いました。

大変困っていたらある日、手袋をした数人の男の人と1人の女の人が家に来て、精神病院へ連れて行かれてしまいました。

家族が、私に黙ってお願いをして決行したらしいのです。

その頃、悪意のある書き込みや、でっちあげの写真、嘘ばかりの噂、犯罪とも言える出来事が周りでたくさん起こっていて、そんなくだらない事と戦いながら、一生懸命に家族を守ってきた私に、なぜこんな仕打ちをするのかわかりませんでした。

そんな事柄は裁かれず、目に見えない世界を大切にすることは、罪だと言われているようでした。

異次元のことを書いた本がこんなにたくさん出ていて、新しい時代になるということがこんなに言われているのに、なぜわからないのだろうと悔しく思いました。


私はいろいろな人に絶望しました。

主人からは、「おまえが家にいると子供に悪影響だ」と言われ、「嫌がらせをする人などいない」と、調べてもらえませんでした。一人で警察に行くと、「ご主人を連れてきてくれ」と言われ、人権相談にも行きましたが何も変わりませんでした。

誰一人として、真実の目を持つ人も、勇気を持つ人もいない。

この次元にはもういないのだろう、いても握りつぶされるのだろう、けれど皆優しく、当たり障りなく生きていく努力を、皆それぞれ頑張っている。

たとえカラクリの中でも。

ますます絶望でした。この絶望は何を意味しているのか、ここまでくると、かえって清々しくさえ思われました。

感情がすべて外に向き、ここまでひとりで努力しているのに、「～してくれない」と、気がつくと他人のせいにばかりしていました。

何よりも、うまく伝えられない自分に絶望していました。

精神科の患者さん達は、宇宙とつながっているような方達ばかりでした。専門的なことはわかりませんが、皆おかしくなんかないのです！

病院のソファーで高校生くらいの男の子が、年老いたご両親に挟まれながら「大丈夫？もう変な声聞こえない？」と心配そうにのぞかれているのを見ると、明らかに大量の薬を飲まされて意識がもうろうとしています。うん、と小さくうなずいていた光景を、今でも忘れることができません。

あなたはおかしくなんかないのだ！

今は地球の激動の変換期で、いろいろなことが起きるかもしれないけれど、あなたは、これから大きく羽ばたくんだよ！と、今だったら、駆け寄って肩を揺さぶってあげたい。

精神科の薬の恐ろしさは、入院中に嫌というほど知りました。

入院中、家族が、忙しい中、会いにきてくれました。とてもうれしくて、「ママはちょっとおかしかったかもね。」と、薬が効いているふりをしました。

遠隔で、助けてくださった方もいました。早く退院できたのは、そのおかげだと思います。

いろいろな方が、そっと助けてくださるのを感じながらも、それを話し合うこともできず、生きていくということはなんて孤独なんだろうと思いました。

みんな知らないのに、自分だけ知っていて、知らないふりをするというのは、この上なく孤独なことです。それなのに、みんなが知っていることを自分だけが知らないのです。

退院して、しばらくたった時、オーガニック食品などを置くお店で、雑誌『ａｎｅｍｏｎｅ』に出会いました。私の知りたかったことが、この美しい本の中に凝縮されていました。

いろいろな方々が、勇気を持って、人々の本当の幸せのために自分の力を使い、努力をして生きている様子が、たくさん載っていました。

もう一度、自分の足で歩いてみよう。

勇気を持って、教えを請いに行こう。

そんな気持ちになりました。


この本に出会って、私も自分に嘘をつくような生き方は嫌だと思いました。

理解されなくても、私はこう思う、ということを、なるべくバランスをとりながら、きちんと言えるような生活をしたい、と思いました。

伝えたいことは伝える。会いたい人に会う。困っている人がいたら助ける。

自分ができることをする。できないことはできない。そして楽しく生きよう。

心は深く、行動はシンプルがいい。

そしてこのようにできる環境と時間を、できるだけ整えたい。

入院中のロビーで、珈琲を飲もうか迷っていた時に、私の詩を推してくださった、Tさんの悟りのような言葉が忘れられません。

「珈琲を飲みたいときに飲む！」

紆余曲折を経て、しばらく忘れていた、詩の世界に、帰ってくることができて、本当に幸せです。

絶望の世界が、「やっと、こいつを動かせたよ。やれやれ」と言っているようです。

詩の世界は、周りでどんなことが起ころうとも、しーん、と静かです。

それでいて、窓を開ければどこまでも見晴らしが良く、大海原を航海できます。

本当に美しい、大海原です。

いろいろな人達がいて、みんなそれぞれの舟に乗っていて、その人達に何かできることがあるとしたら、みんなが自分らしく生きることではないかと思います。

自分らしく生きるということは、差別の心やジャッジのない世界じゃないとできません。

自分の責任で、自分らしく生きる。

自分の、本当に大切なものは何か、見極める。
たとえそれが、世界中から非難されることであっても、
自分らしく生きる。
そこに愛がある限り！
お互いが愛を持ってその生き方を見る時
そこに黄金の風が吹いています。

あなたに、いつも、いつも、黄金の風が吹きますように。

最後に、私と出会ったすべての方々に、すべての森羅万象に、感謝いたします。

２０１９年（令和元年）10月吉日
鳳の宮　弘

鳳の宮 弘
ほうのみや ひろ

1972年、茨城県生まれ。幼少期より本が好きで、朗読、手紙や詩を書く。
小学生の時に「妖精たちの詩」安田はるみ、中学生の時に「詩とメルヘン」やなせたかしの本に感銘を受ける。3人の子の母。「家事代行のteco」代表。アルクトゥルスにいた時に、アシュタールよりスターシードをいただく。宇宙の仕組みや技術、人々の幸せを祈りと詩をとおして伝えている。

詩集
黄金の風

2019年11月22日 第一版 第一刷

著 者 鳳の宮 弘

発行人 西 宏祐
発行所 株式会社ビオ・マガジン
〒141-0031 東京都品川区西五反田8-11-21
五反田TRビル1F
TEL：03-5436-9204 FAX：03-5436-9209
http://biomagazine.co.jp/

装 丁 熊谷結花（Atelier flowe）
組版・DTP 堀江侑司
編 集 向千鶴子

印刷・製本 株式会社シナノパブリッシングプレス

ISBN978-4-86588-068-7 C0095

anemone WEBコンテンツ 続々更新中!!

http:/biomagazine.co.jp/info/

アネモネ通販

アネモネならではのアイテムが満載。

アネモネ通販メールマガジン

通販情報をいち早くお届け。メール会員限定の特典も。

アネモネイベント

アネモネ主催の個人セッションや
ワークショップ、講演会の最新情報を掲載。

アネモネイベントメールマガジン

イベント情報をいち早くお届け。メール会員限定の特典も。

アネモネTV

誌面に登場したティーチャーたちの
インタビューを、動画（YouTube）で配信中。

アネモネフェイスブック

アネモネの最新情報をお届け。